伊麗莎白的凡爾賽冒險

1 音樂盒的祕密

安妮・潔 (Annie Jay) 文
雅瑞安・德里厄 (Ariane Delrieu) 圖
許雅雯 譯

人物介紹

伊麗莎白

皇室小公主，十一歲，路易十五的孫女、路易十六的妹妹。天生聰穎、好動，有點叛逆，在凡爾賽宮裡經歷了許多激動人心的冒險。

路易十五

伊麗莎白的祖父，法國國王（一七一五～一七七四年）。

路易十六

伊麗莎白的哥哥，法國國王（一七七四～一七九三年）。

瑪麗－安東尼

路易十六的王后

克蘿蒂

伊麗莎白的姊姊

瑪桑夫人

伊麗莎白的家庭女教師

梅克夫人

伊麗莎白的副教師

安潔莉可・梅克

副教師梅克夫人的女兒，伊麗莎白最親密的朋友。

泰奧菲

王室侍童，伊麗莎白的好友。

第一章

凡爾賽宮，一七七四年，國王起居室。

瑪桑夫人向國王路易十五深深行了鞠躬禮。

「國王陛下，我受不了了！您的孫女，伊麗莎白女士[1]，實在太誇張了！」

註1：在法國，所有國王和王太子的女兒自出生起就被稱為「Ma-dame」（女士）。另外，皇室成員、貴族成員用「您」互稱。本書為了更貼近華語的使用習慣，修改幾處敬語。

老人費力地從扶手椅中站起來，白色假髮下的眉頭皺得很深。最近幾天，他感覺非常疲倦。

「她又做了什麼好事？」

「她都十歲了，還不會乘法！這個放肆的丫頭竟敢說『乘法又沒有用』！」

高大削瘦的女教師抬起下巴繼續說：「您其他的孫女，我有幸教過的那幾位[2]，跟她比起來簡直就是天使。她的姊姊克蘿蒂女士明明是個溫順勤奮的孩子，可是她，伊麗莎白女士，老天爺啊！簡直是個麻煩精！」

話說到一半，她趕緊住嘴，這才想起不能這麼說公主，即使是個討人厭的公主也不行。

「陛下，」她憤慨地說，「她實在太無禮了，根本目中無人！只要遇到一點不如意的事就火冒三

註2：瑪桑夫人（一七二〇～一八〇三年）是王室子女的家庭教師，王子在七歲前都由她管教，公主則是直到出嫁都由她教導。

丈……」

「妳希望我做什麼？」國王打斷她的話。「允許妳懲罰我的孫女？可以，但也別太嚴厲了。這孩子已經夠可憐的了。一歲左右就相繼失去了父親和母親。這可憐的孩子是個孤兒。」

「陛下，我需要您的幫助。伊麗莎白女士放肆的行為占用我所有的時間。可是克蘿蒂女士滿十四歲了，明年就要出嫁，我得幫她做好準備……」

「妳需要什麼？」路易十五有點失去了耐心。

「我聽說有個女士對嗯……難纏的孩子很有辦法……是個生活艱困的寡婦。她一定能把公主教好。她只要求兩件事，一件是讓她的女兒安潔莉可進入聖西學校[3]就讀，並且在幾年後女兒出嫁時，為她準備一份嫁妝。」

國王用蒼老的手摸了摸下巴，靜靜思考著這項提議。

瑪桑夫人又說：「伊麗莎白女士未來是要成為大國王后的人。可是就憑她那糟透了的脾氣，哪個王子會想娶她？」

路易十五聽到這些話，感到非常震驚，於是瞪了她一眼。然而，瑪桑夫人的話很有道理，他也只能點了點頭。

註3：聖西學校（Saint-Cyr），是一間離凡爾賽宮不遠的寄宿學校，專門收留家族曾為王國效力，但家道中落的貴族之女。

「好，我同意，請這位……」

「梅克夫人，陛下。感激不盡，我馬上就請她進宮！」

第二章

伊麗莎白獨自坐在金碧輝煌的小起居室裡，為她的音樂盒上發條。那是她的祖父，也就是國王送她的禮物，是一件精美的藝術品。

音樂盒上是一個正在彈大鍵琴的女士。旋律一響起，放在琴上的手就會在迷你鍵盤上飛舞。

伊麗莎白看得入神，抓著她往地毯上一坐，藍色的絲綢洋裝在她周圍優雅地散開。

「她是怎麼做到的？」

當然沒有人回答。從來沒有人跟她玩。其實，除了克蘿蒂和路易—奧古斯特[4]的妻子瑪麗—安東尼外，根本沒人跟她說話。

伊麗莎白還小的時候，瑪麗—安東尼常常不顧王室禮節陪她玩，甚至會趴在地上給她當馬騎！嚴厲的瑪桑夫人對此感到生氣，但也不敢說些什麼，因為瑪麗—安東尼總有一天會成為法國的王后。她要讓公主爬到背上，沒有人敢阻止。

可是後來她來看伊麗莎白的次數越來越少。十八歲的王太子妃開始對時尚著迷，流連於各種宴席與舞會上……至於伊麗莎白的三個哥哥，他們都已經成年也成家了，所以也就不太關心「巴貝」的

註4：路易—奧古斯特（Louis-Auguste）是王室中排行最大的王子。身為王位繼承順位中的第一位，他也擁有法國王太子（Dauphin）的頭銜。路易十五逝世後，他繼位成為路易十六統治法國。

事。巴貝是他們對伊麗莎白的親密暱稱。

她皺起眉頭觀察音樂盒。如果她有把螺絲起子，可以把眼前的機械盒拆開，看看裡面的機器是怎麼運作的，那該有多好……

「針線盒裡的小剪刀應

該可以。」她決定試試。

於是，她把針線盒找了出來，包括十字繡作品和針線全都倒在地上。然後，她拿起剪刀，俯臥在地毯上，雙眼盯著小巧的音樂家。

「糟了！」

候見廳那頭傳來聲音，有人來了！她迅速起身，跑到門邊，把耳朵貼了上去。

「是瑪桑夫人！慘了！慘了！」

她又想起地上一團亂。她不能在一個人的時候玩那個珍貴的音樂盒。這下她肯定要受罰了！她得趕快收起來，快，在被發現以前收好！她跑了起來，結果……

「糟糕！」她因為跌倒而叫出聲。

她被針線盒絆倒了，就倒在祖父送她的珍貴禮物上。完蛋了！音樂家失去了手臂和頭，完全壞了！門外的腳步

聲越來越近……伊麗莎白一把抓起碎片，直接塞進針線盒裡。

門開了！她匆忙起身，心怦怦地跳著。

「您又在打什麼主意了？」女教師像隻獵狗般嗅到了新把戲的味道。

「沒有啊，我在刺繡。」

「在地毯上？」

「不行嗎？」伊麗莎白拉高了嗓音回話。

「我交待的作業做完了嗎？」

「還沒。」

「我就知道！我到底要跟您說幾次？」瑪桑夫人吼道，「當今的公主們都必須接受教育，未來才能幫助他們的丈夫領導王國！所以您必須學好這些東西！」

伊麗莎白挺直了身子，面對她。她有一雙杏仁形狀的藍眼睛，圓潤的臉龐和淺栗色的頭髮令人傾心，可是現在她氣得臉都皺成一團了，醜得要命。

「我也是，」她回答，「我也跟您說過了，我絕對不會做！以後，我會有足夠的僕人幫我回答你們那些蠢問題！」

「哎！我的耐心用完了！」瑪桑夫人大吼，「現在就告訴您吧，我已經請了一位副教師，負責指導您的禮儀，哪怕您是法國公主也一樣。」

伊麗莎白的臉漲紅了。副教師？這可不是什麼好兆頭……

「從現在開始，」她又說，「我將專注教導您的姊姊，而梅克夫人會很樂意幫助您。」

「如果我不要呢？」

瑪桑夫人假裝沒聽見。

她繼續說：「新的教師是一位寡婦，絕不會輕易被唬弄。好了，女士，現在是馬術課的時間。」

她拍了拍手，兩個女僕走進房裡。

「伊麗莎白女士，請您更衣。」她下了命令：

「換好後帶她去大馬廄的馬場……」

「我比較喜歡在樹林裡散步。」公主插話。

「但我覺得您沒有說話的權力。好好享受這次外出，因為未來梅克夫人可不會像我一樣友善。」

女教師剛離開，女僕們便默默地幫伊麗莎白換了一套藍色天鵝絨騎裝，再戴上一頂迷人的帽子。

伊麗莎白嘆了口氣。所以，瑪桑夫人找了一位

比她更嚴格的女教師來管教她？這個沒心沒肺的女人竟然收了錢來代替她的父母！

不久之後，一輛馬車把她送到了馬廄。

「女士，您好嗎？」一個深髮青少年把她的馬帶來時問了她。

那是泰奧菲，人們都叫他「泰奧」，今年十二歲。一年前進入侍童學校[5]學習，負責照顧伊麗莎

註5：侍童學校（ecole des pages），是一所專門培養皇室侍童的寄宿學校，大約五十名左右的貴族男孩在皇家大馬廄接受教育。學習之餘也服侍國王和皇室成員。

白的馬——莓果。

「非常好！我等不及要上這堂課了！」

馬術教練博普雷先生幫助這位年輕女士上馬。

她輕輕抬起膝蓋，優雅地跨過側鞍，坐了下來。

伊麗莎白不喜歡上課，但很喜歡騎馬。當然，她必須把雙腿放在馬的一側側騎，而不是像男孩一樣跨騎，但她絕不會錯過這堂課。

「今天要上什麼？」

她滿臉笑容地問博普雷先生。

「不上什麼，」他尷尬地嘆了口氣，「您的教師要求我今天的課程只在馬場裡練習，而且只能慢步走。」

「慢步走？但是……我很會騎了，我可以大跑！她是要懲罰我，對吧？」

心情沉重的她開始沿著圓形跑道的邊緣慢步走。她像蝸牛一樣拖著重重的步伐，心裡的怒火漸漸升起……

「真是夠了！」她突然大喊，「我再也無法忍受這種羞辱了！」

下一秒，她搶過教練手中的韁繩，用腳後跟踢了馬一下。馬匹開始奔馳，馬廄的門大開，伊麗莎白穿過門，朝著附近的樹林奔去……

第三章

淚水從她的臉頰上流了下來，被她拋在身後的教練和泰奧菲嚇壞了，不斷大聲喊著：「女士！女士！」

沒多久後，她就進入凡爾賽宮周圍的樹林裡了。「老師真的太壞了！」伊麗莎白一邊奔馳一邊想著。護衛們已經快追上她了。她轉進一條狹窄的小徑，企圖擺脫他們。漂亮的帽子一不小心被樹枝勾掉了，飛在空中。算了，不管！

「哼，」她大吼，「新的家庭教師，那個叫梅克的，最好也跟著懲罰我！逃學和弄丟帽子，這樣要罰寫幾

行字？哼！我一定會報仇！我會讓她知難而退，很快就會滾回老家去！」

她向前傾，加快了速度。

「她可以試著馴服我，但絕不會成功！」

伊麗莎白策馬奔馳，衝進了一個空地。糟了！一棵巨大的橡樹被連根拔起，橫臥在空地中央。

「喔不！」她拉緊了韁繩大喊。

馬匹突然煞住，伊麗莎白沒有防備，飛過了馬的脖子，摔倒在草地上。

她氣呼呼地坐了下來，揉了揉屁股。幸好，沒人看到她摔倒。她的自尊心保住了！

她錯了，有人在那裡……一個與她年齡相近的女孩手裡拿著一束鮮花跑了過來。

「哎，可憐的女孩！」她口中喊道，「妳受傷了嗎？」

伊麗莎白瞪了她一眼。她是誰？這個陌生人怎麼敢不用敬語稱呼她？她可是王室的公主啊。她這一生中，還沒有人用「妳」稱呼過她，就連她的父母也沒有。

她正準備斥責對方冒犯時，女孩滿心擔憂地開口了。

「希望妳沒有受傷。」

她幫助伊麗莎白起身，然後拍了拍她藍色的騎裝，撣去弄髒衣服的落葉和枯枝，再帶著伊麗莎白走到樹幹旁坐下。

伊麗莎白不敢相信自己的眼睛！這個無禮的傢伙竟然碰了她！皇宮裡，除了服侍她的僕人、家人和王子之外，沒有人可以碰她！

「妳怎麼不回答？」陌生人疑惑地問她，「哪裡痛嗎？」

那個女孩有一頭美麗的金色捲髮和迷人的綠眼珠，身上穿了一件樸素的碎花洋裝。

這是伊麗莎白第一次自由地和別人說話……不過，她其實什麼話都還沒說！

「要怎麼跟陌生人說話呢？」她心想。

「我很好。」最後她以堅定的聲音回答對方，

「您……呃……妳，謝謝妳的幫忙。」

「您……妳叫什麼名字？」

「安潔莉可。妳呢？」

伊麗莎白呆呆地看著她。「她應該坦白自己的身分嗎？如果安潔莉可知道眼前的人是個公主，肯定就不會這麼友善了。」

她後退三步，深深鞠躬，回以相應的尊重。

其實，能夠和另一個同齡的人平起平坐的感覺很愉快。

「好。」她決定了，不要坦白自己的身分。

「我叫巴貝。」她說了哥哥們給她取的小名。

「好的，巴貝，摔得真漂亮。妳是住在城堡裡嗎？」

「對。」

「妳的父母為國王服務嗎？」

伊麗莎白不喜歡對她說謊，但擁有一個朋友，即使只有短短幾分鐘，也是一件快樂的事……

「是的，我的家族都為這個王國服務。」

嗯！這樣一來就不算真的說謊了！

她為此感到安心，露出微笑。

「妳呢？」她回問。

「我剛搬到凡爾賽。很快就要去聖西學校就讀了。」

「喔……好可憐……我討厭讀書！」

安潔莉可笑了起來。

「我很喜歡。感謝國王陛下，也許有一天我可以和媽媽一樣，成為一個女教師。她要負責教導伊麗莎白女士。」

伊麗莎白臉色大變。原來安潔莉可是可怕的梅克夫人的女兒，那個被雇來管教她的女人？幸好她的新朋友沒有發現她的異樣。

她正隨意坐在身旁的樹幹上，繼續用興奮的語氣說：「聽說那位女士是個麻煩精。宮廷裡的人擔心她因為沒有教養而找不到結婚的對象。可憐的媽媽。」

「是嗎？」伊麗莎白嘆了口氣。

她覺得好丟臉！

安潔莉可又說：「聽說，她幾乎不識字，也不會寫字。我要是她，一定羞愧死了！她身邊有最好的老師，可是她卻一點也不珍惜！」

「是嗎？」伊麗莎白氣憤地又問了一次。「也許……她有什麼理由……她的父母都去世了……」

「巴貝，我也沒有父親了。可是我沒有因為這樣就不學習。媽媽總是說，女生應該盡可能學更多東西，這樣才不用依賴男人。可是上學的費用太貴了！我很幸運，只要媽媽可以忍受那個麻煩精，我就可以去聖西學校上學，將來結婚時還能有嫁妝。」

伊麗莎白感到喉嚨緊緊縮了起來。她本來還打算想辦法趕走未來的女教師！這件事不難，她只要表現得比平常更可惡就行了，可是這麼一來，安潔莉可就沒有學校也沒有嫁妝了。

「其實，我……」她有點尷尬地囁嚅開口，「我是……」

遠處傳來馬蹄聲。護衛們尋著她的蹤跡找過來了！她一躍而起，牽起在附近吃草的莓果。焦急地說：「我得走了。糟了！我要怎麼上馬？」

安潔莉可接過她手中的韁繩，把馬牽到橫倒在地上的橡樹幹旁。

伊麗莎白馬上明白了。她爬上樹幹，輕鬆坐上馬鞍。在把膝蓋靠到鞍具上後，她對朋友說：「很高興認識妳。」

最後，公主揮了揮手，駕著馬跑向剛才的小徑。

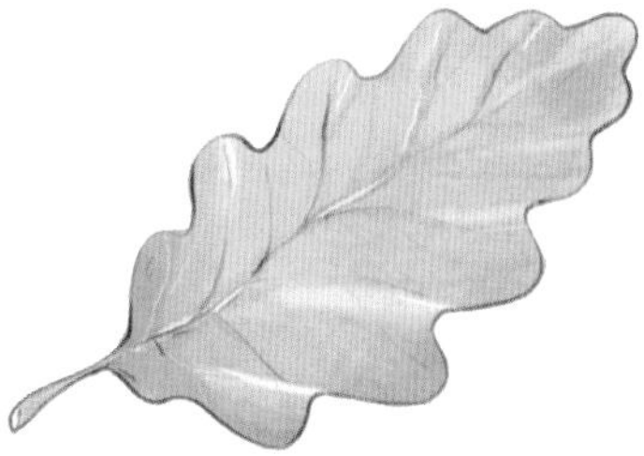

第四章

這種懲罰還真是夠狠的！罰寫三百次「我不會一個人在樹林裡騎馬，我會聽瑪桑夫人的話」，真的會寫到吐！

為了充分展現她的叛逆，伊麗莎白一共寫了四百次。

為此，她寫壞了三支鵝毛筆，並用第四支沾起墨水到處塗鴉、濺射。墨水染黑了她的手指，就連粉紅色的洋裝也髒了。

女教師被她激怒，甚至威脅要拿出鞭子，小女孩一聽，不禁露出嗤之以鼻的笑容。

「爺爺不可能容忍這種事的，」她冷冷地回應，「試試看就知道！」

「哎呀！沒教養的丫頭！您被禁足了，明天才可以出房門！我要去找您的姊姊了。」

瑪桑夫人怒氣沖沖地把門甩上。伊麗莎白看她這樣又更得意了。

然而，這種喜悅並沒有持續多久。她獨自坐到窗邊，把臉埋進手裡，陷入沉思，思緒飄進了凡爾賽的花園。她的寓所位於一樓，附有一座陽光明媚的美麗露臺。由於經過的人總是毫不猶豫地把鼻子貼在玻璃上窺探，花園周圍設置了鐵欄杆阻擋好奇的目光。

伊麗莎白嘆了口氣。她好想和安潔莉可一起在森林裡奔跑！她真的是個好人！

那些大人難道都不明白她有多麼不快樂嗎？每天一起床就要接受許多廷臣[6]的朝拜。

註6：廷臣（courtisans），住在宮廷裡的貴族男女，為王室服務。

接著，她會被帶到城堡的小教堂，和其他家人一起參加彌撒……可惜時間很短！彌撒結束後，家庭教師就來了，她們冷漠而嚴肅，對她的成績永遠不滿意。她總是聽到這樣的話：「您的哥哥們就不會做這種蠢事！」又或者：「您的姊姊克蘿蒂不怎麼漂亮，但在其他方面都比您優秀！」

聽完他們那些令人難受的評語後，她會默默地吃飯，有時一個人，有時和克蘿蒂一起，服侍她們的女僕會站在她們身邊。瑪桑夫人注視著她的一舉一動，提醒她遵守禮儀規範。下午還有其他課程：刺繡、繪畫或音樂。天氣晴朗時，她會到花園裡散步，或者騎馬穿越樹林。

伊麗莎白強忍住淚水。人們不斷提醒她擁有與眾不同的身分，她是國王的孫女，有一天也會嫁給外國王子，成為女王。

「嗯……」她嘀咕著，「根據安潔莉可的說法，我可能根本結不了婚……因為我的脾氣太差，而且愛做蠢事。」然後她感到一陣惱怒：「我才不蠢！說我不受教、愛生氣都可以，但我不蠢！」

她起身跑去拿了一本書，費了很大的勁讀完一頁，立刻又把書扔掉了，氣自己讀得不好。

「唉……安潔莉可說的對，我應該很蠢。」

這時，房門開了，她嚇了一跳。瑪桑夫人雙手交叉，站得筆直。「梅克夫人想與您見面，」她宣布，「我敢說，她一定會很高興認識您，即使……您的裙子和手指都沾滿了墨水的汙漬……」

伊麗莎白低下頭查看慘狀。天哪！早知道就請人更衣了。新來的女教師會怎麼想呢？

「她要怎麼想是她的事，我才不在乎！」她挺直了身子，踏著堅定的步伐往房門走去。

可是候見廳裡等待她的，不只有梅克夫人一人……她的女兒也來了。

第五章

伊麗莎白昂首闊步，一顆心劇烈地跳動。她的朋友綠色的眼睛瞪得斗大，雙頰因羞愧而紅了起來，伊麗莎白則咬著嘴唇，臉色蒼白。

按照禮節，兩位訪客向公主行鞠躬禮，公主則回以屈膝禮。可憐的公主不知道該擺出什麼姿態。安潔莉可一定恨死自己欺騙她了！

可是梅克夫人越走越近。伊麗莎白看著她，不知如何是好。她應該有四十歲。她的金髮盤成了髮髻，頭上戴了一頂帽子。這個將會負責管教她的女人看起來似乎沒有那麼糟。

「不，」她心想，「不能隨便相信她，她一定隱藏了什麼把戲。」

「女士，很高興能見到您，」梅克夫人的聲音聽起來很舒服，「我想我們一定能處得很好。」

伊麗莎白沒有回答，幸好，新來的女教師也沒有生氣。

她又說：「我可以向您介紹我的女兒嗎？」

伊麗莎白偷偷瞄了安潔莉可一眼，看見她嘴角露出的失望。

「小姐，我希望，」伊麗莎白有點遲疑，「您會喜歡凡爾賽。」

「女士，謝謝您。」安潔莉可冷冷地回答。

「天啊，氣氛也太嚴肅了！」梅克夫人笑道，「妳們要不要一起去玩一下？」

伊麗莎白驚訝地看著她。玩？她有沒有聽錯？

「好了，去吧！」梅克夫人笑道，「最好到外面去！瑪桑夫人和我有點事要談。」

伊麗莎白轉向安潔莉可。

「小姐，要來嗎？」

兩個女孩緩步離去。

才走到露臺上，安潔莉可便語帶苦澀地嘀咕：

「您在樹林裡狠狠地嘲笑我了吧！」

「我不能告訴妳我的身分，否則，妳就會……

像現在這樣，變得冷漠又疏遠。」

因為安潔莉可看起來不高興，伊麗莎白又繼續解釋：「妳說得對，我很無禮、很愚蠢，而且不喜歡學習。我很常被處罰。可是我真的好無聊！我總是一個人！妳……妳把我當朋友，我不想變得不一樣。妳知道嗎？我從來沒有過朋友。」

安潔莉可這時總算對她笑了。

「女士，我原諒您。」

「喔不！妳能不能叫我巴貝，然後用『妳』來

稱呼我嗎？我比較喜歡這樣！」

「好吧，巴貝，可是只有我們兩個獨處的時候才能這樣。如果我跟妳說話太親近的話，母親會生氣的。」

「知道了，這是我們之間的祕密。」

伊麗莎白帶著安潔莉可參觀她的露臺，那裡有已經開了花的花箱和種在大花盆裡的橙樹。接著她們在她的寓所裡享用了美好的下午茶，包括蛋糕和檸檬汽水。公主一邊吃，一邊講述她悲慘的生活。

「我不能單獨離開住所。所有的慶典、舞會、戲劇和音樂會，我都不能參加！家庭聚餐也不行！瑪桑夫人討厭我，我也沒給她好臉色。小的時候，甚至拒絕向她學習讀書寫字，還是克蘿蒂教我的。我當時八歲，我的姊姊簡直跟天使一樣有耐心！」

「瑪桑夫人只是為了妳好。她跟母親說過，說她想要給妳一個和男孩一樣的教育。她希望妳和妳姊姊成為全歐洲最有學識的公主。這不是對妳們抱以厚望嗎？」

伊麗莎白聳了聳肩。一般來說，法國的公主們只會學習讀寫，再加上聖人的生平和一點歷史地理知識。如果只是這樣，她也心滿意足！

「對我來說並不是好事！哼！我永遠學不會拉丁文、數學和文學……我剛才翻開一本書，只讀了一頁。」

幸好，安潔莉可並沒有因此嘲笑她。相反地，她提議：「妳要不要我跟妳一起讀？」

「真的嗎？我願意！除此之外，我擅長繪畫、刺繡和音……音樂，糟了！」

她一臉驚恐地說：「我忘了！」

她跑去拿了針線盒，匆忙地打開它，把音樂盒的碎片攤在地上，哀嚎了一聲：「喔不！爺爺會殺了我！我不小心用壞了。妳覺得有可能修好嗎？」

安潔莉可檢查了音樂盒的狀態。

「我們會需要膠水和一些工具。等等，我知道了……我和母親住在大公館[7]。我們的鄰居是鐘錶師，負責維修皇宮裡的所有時鐘。他很喜歡我。妳同意的話，我可以把這個帶給他修理。」

註7：大公館（Grand Commun），一棟靠近凡爾賽宮的建築，是廚房的所在地。除此之外，樓上也有為宮廷侍臣和僕人準備的房間。

伊麗莎白鬆了一口氣。可是馬上又擔心起另一件事：「可是，妳媽媽會讓妳回到城堡裡嗎？」

「喔！這個啊，就得靠妳問她了……和善地詢問。」

「我會的，我保證！」

接著，她為音樂盒上了發條。小小的鋼琴家動了起來，彈奏出美妙的旋律。看到小人穿著粉紅色絲緞洋裝扭來扭去，可是卻沒有手也沒有頭，那個樣子其實還挺有趣的。可惜，音樂盒發出了一聲「喀啦」的聲音，聽起來不太妙，音樂也突然停了下來。

「妳看！」安潔莉可說。

她試著打開大鍵琴。

「巴貝，妳看，有東西卡住了。」

伊麗莎白彎下腰查看。沒錯！琴裡藏了一張紙條。她輕輕地把沾滿墨水的兩根手指伸進去挖出那張紙。旋律又再次響起，簡直就像魔法。

「真是太奇怪了！」她打開紙條驚訝地說。

紙條上有一行淡淡的、細小的字

跡，看不清楚寫了什麼……

「可能是告白信。」安潔莉可幻想著。

「或是一場陰謀……」

「或者是一張藏寶圖……」

「我們需要一個放大鏡才能看清楚……」

這時，兩名教師的聲音傳了過來。伊麗莎白迅速把音樂盒的碎片放入針線盒裡，再把祕密信件藏進胸前的衣領。

「別說出去！」

梅克夫人走向她告辭。

「女士，明天早上見。我們先從一些基礎的學習開始，評估您的程度。下午，我們會去散步。」

「好的，夫人。」伊麗莎白點頭，「我有個請求，可以嗎？」她帶著尷尬的神情試探。

「請說。如果我可以……」

「如果您同意的話，我想把我的刺繡工具借給安潔莉可。」

「您真是好心，可是我的女兒已經有自己的工具了。」

「媽媽，拜託。」安潔莉可堅持，「伊麗莎白女士要借我……那些顏色很漂亮的線。」

新的家庭教師聳了聳肩接受了。

「唉，好吧！可是妳要盡快還給她。」

「媽，當然沒問題！」

兩個女孩都很高興，互相交換了一個眼神。安潔莉可把盒子夾在手臂下，非常認真地問她的朋友：「請問您是否允許我明天再來拜訪，把它還給您？」

伊麗莎白也用同樣認真的口吻回答：「小姐，我很樂意，不知道您願不願意再和我一起去散步……？嗯……如果您的母親允許的話……」她答應了！向來率性的伊麗莎白幾乎忍不住要跳起來！

第六章

安潔莉可和她的母親一離開，伊麗莎白立刻衝到位於不遠處的姊姊的寓所。克蘿蒂可能有放大鏡……然而，令她大吃一驚的是，她既沒有在房間裡看到那位少女，也沒有在她平時最喜歡閱讀和刺繡的客廳裡找到她。她發現姊姊躲在衣櫥裡抽抽噎噎地哭泣。

「姊姊！誰把妳弄哭了？」

克蘿蒂是世界上最善良的人，可是卻為體重的問題困擾不已。廷臣們總是戲稱她是「胖女士」。

克蘿蒂勉強擠出

了一個微笑。

「沒有人，巴貝。我只是害怕，因為我們的祖父，同時也是國王，他要把我嫁給皮埃蒙—薩丁尼亞王國的王子。我對未婚夫一無所知。我看過一張他的小肖像畫，他的年紀比我大，看起來……很……嚴肅……而且……離開凡爾賽，去了他的國家以後，我這輩子都要待在那裡了！而且，我就再也看不到家人了，特別是妳，我親愛的巴貝……」

伊麗莎白將她擁入懷裡。身為公主，其實和大家想的不一樣，一點也不快樂。

克蘿蒂啜泣。

「巴貝，妳怎麼離開房間了？瑪桑夫人告訴我妳被禁足了。」

伊麗莎白滿不在乎地聳了聳肩。

「妳有放大鏡可以借我嗎？」

「當然沒有。妳要放大鏡做什麼？」

「嗯……要用來讀一份字很小的文件。」

克蘿蒂笑了。

「妳？巴貝？閱讀？」她溫柔地調侃妹妹，「這可是個新聞！去問路易─奧古斯特哥哥。他對鐘錶很感興趣，一定有放大鏡。」

「好……可是，我要怎麼去他的寓所呢？我不能出門。」

「克蘿蒂女士！」

克蘿蒂擦乾眼淚，匆匆回到房間。她的妹妹跟在身後。

女教師看到伊麗莎白時一臉不滿地抿了嘴。又看到克蘿蒂哭紅的眼睛時，她的嘴角氣得扭成了一團。她認為公主應該擁有自制力，始終展現出良好的形象。

她的身旁跟著一名男士。她介紹了他：「克蘿蒂女士，這位是signor[8] Goldoni，高多尼先生，他會教您義大利文，也就是您未來的國家使用的語言。高多尼先生是義大利著名的劇作家，和法國的莫里哀一樣。能跟著他學習是您三生有幸。」

那位教師深深鞠了躬，兩位公主也屈膝回禮。

「至於您，伊麗莎白女士，」她接著說，「您在這裡做什麼？您被處罰了！快回到房間去！」

註8：義大利語的「先生」。

這次，巴貝立刻服從她的指令。回到住所後，她開始思考，該怎麼逃出去才不會被人發現？這個時間點，三個哥哥中最年長的路易—奧古斯特應該會在他的圖書室裡。

十九歲的他是祖父路易十五的繼承人。有朝一日，他會牽著年輕的妻子瑪麗—安東尼的手登上王位，封號路易十六。

伊麗莎白確信他會成為一個好國王。他有點害羞，但非常有教養，為人公正又聰明！他對數學和地理非常熱衷，也喜歡閱讀，閒暇時還會研究鐘錶和鎖具。

「沒錯，可是要怎麼去他的書房？」

她只要走出房門就會被守衛逮住的。

「走僕人用的走道呢？」

皇宮裡的僕人服侍主人時會使用狹小的走道和樓梯，以免被人看見……可是如果他們看到她，肯定會通報的。

那些人那麼畏懼瑪桑夫人！

「花園！沒錯！」

她抓起一條披肩，披在肩上，從通往露臺的落地窗走了出去。她穿過兩棵橙樹，然後匆忙翻過鐵柵欄。

長裙和襯裙干擾她的行動，但她還是成功了，而且沒有人發現。她突然感到自豪：她逃出來了！

「快！」

她跑過花園，一路跑到宮殿大門前的大理石臺階上。許多廷臣聚集在那裡。她低著頭快速走過。幸運的是，他們沒有注意到她。

參觀城堡的人在走廊上閒逛，欣賞彩繪天花板、水晶吊燈、鍍金的木雕牆面和昂貴的家具。在凡爾賽，只要穿著得體，而且不打擾廷臣或王室成員，任何人都可以這樣做。

才剛走過國王寢宮，她就撞上了兩個在說話的男人。

「最近幾天，我們的老國王看起來非常疲憊不堪。」其中一個說。

「是啊，」另一個回答，「他今早沒下床。聽說病情嚴重……」

擔心的伊麗莎白停下腳步，聽他們說話。爺爺生病了嗎？怎麼沒有人告訴她！

「那個，小女孩，」第一個男人發現了她，「妳是在偷聽嗎？滾！」

她飛快地逃走了。還好她很少離開她的住所，所以這兩個廷臣沒有認出她！

她在宮殿裡東繞西繞，最後終於找到了路易──奧古斯特的圖書室……她走了進去。

「巴貝？」正在研究一張巨大地圖的哥哥抬起頭，非常驚訝看到她。

他摘下眼鏡，露出大大的笑容。

路易─奧古斯特是一位身材高大的年輕人，笑容十分溫柔。就在他親她的臉頰時，她急忙問道：「爺爺生病了嗎？」

「對，」他嘆了口氣，

「昨天打獵回來後他就覺得不舒服。我們沒有通知妳，是不想讓妳擔心。最好的醫生正在想辦法。」

伊麗莎白鬆了一口氣。

「只有妳一個人來嗎？」路易─奧古斯特吃驚地問，「瑪桑夫人呢？」

「我擺脫她了。我有件事……想請你幫忙。」

「妳又被懲罰了，然後想要我出面幫忙嗎？」

「是……嗯……不是……」伊麗莎白不知道該怎

麼回答，「我的確是被處罰了，但被禁足的時候我都在讀東西。」

「喔？讀書的巴貝？」他調侃地說。

伊麗莎白皺起了鼻頭。不只克蘿蒂，現在連路易—奧古斯特也嘲笑她突然對學習有興趣了！

她抬高下巴回答：「我很快就會跟你一樣有學識了。我現在有……新的家庭教師和一個朋友……她們會幫我，我就不會那麼笨了。」

路易—奧古斯特立刻道歉：「巴貝，妳一點也不笨。恰恰相反！妳對什麼事都很好奇……妳只是不喜歡瑪桑夫人，也不喜歡聽從命令。」

伊麗莎白高興地點頭表示。

「我需要一個放大鏡。而且你要保證不會告訴別人！」

「我發誓絕對不會！」他用全世界最正經的口氣說，然後從書桌的抽屜裡拿出一把圓形的小放大鏡給她。

「送給妳，」他又說，「快走吧，別讓他們發現妳不在了！」

她拚命奔跑，跑回了花園，在跳過鐵柵欄時扯破了襯裙，最後推開通往客廳的落地窗。瑪桑夫人在那裡等著她，火冒三丈。

「您剛才去哪裡了？」

「只是……去外面了，在露臺上。」伊麗莎白只坦白了一半。

幸好，瑪桑夫人沒有再追究下去，語氣和緩了一些說：「您明天會和克蘿蒂公主一起上義大利語課。您也學一點比較好。」

通常，這種時候公主一定會大聲抗議，但今天她覺得自己最好安份一點，因為這是能打發瑪桑夫人最好的方法。女教師一離開，伊麗莎白就從衣領裡拿出紙張，用放大鏡仔細檢查。

「喔不！字都黏在一起，墨水也褪色了，幾乎看不到了……」

她費力讀出紙上的字：

「祕密就在火焰中……」

祕密？她興奮地又唸了一次。真是太刺激了！

可是，這句話是什麼意思？「我要是懂得多一點，」她喃喃自語，「應該就會知道了吧……」

她失望地嘆了口氣，隨即又笑了。

la flamme livrera
le secret

安潔莉可明天會來。她會幫忙解開謎團。

那天晚上，她和克蘿蒂一起用餐。可憐的姊姊，哭紅的雙眼還沒有完全恢復。瑪桑夫人嚴厲地指正：「注意儀態，天哪！未來的王后不應該表現出她的情緒。」

可憐的克蘿蒂低下頭。伊麗莎白立即挺身而出維護……

「我姊姊就要離開法國，嫁給一個陌生人了，所以才這麼難過，您就不能體諒她一下嗎？」

女教師咬緊嘴唇。

「公主的責任就是要犧牲自己！這場婚姻可以為法國和薩丁尼亞王國帶來長期的和平與聯盟。」

這一點，伊麗莎白很清楚。但是她也默默下過決心，輪到她找結婚的對象時，一定不會任由他們擺布。

當僕人把一盤盤美味的菜餚端上桌時，伊麗莎白心裡想的，都是下午的新發現。那句有祕密的話究竟是什麼意思？

第七章

隔天，伊麗莎白帶著愉悅的心情起床：安潔莉可下午會來！

貼身女僕為她穿上一件白色的洋裝，把她淺栗色的頭髮盤起來，露出幾綹鬈髮。

彌撒結束後，梅克夫人九點鐘來到她的房裡。

義大利語課程進行得非常順利。高多尼先生是個很有趣、一點也坐不住的人。

兩姊妹一邊玩，一邊學會許多他的語言裡的詞彙。為了讓她們猜出這些詞彙，他會表演好笑的故事，逗得伊麗莎白開懷大笑！然而，梅克夫人把她帶到一旁測試成果時，公主的快樂很快就消失了。

「您的閱讀能力真的很差，」她驚訝地說，「而且還不會算術……一個簡單的加法都需要大把的時間才算得出來！」

伊麗莎白做了鬼臉，她很想回嘴，最後還是勉強忍住了：安潔莉可要來，如果她被處罰了，就見不到她了。她咬緊牙關，心不甘情不願地承認：

「我確實有很大的進步空間。」

「進步？女士，」女教師用責備的口吻說，「您得重新學習！」

儘管剛才已經下定決心，伊麗莎白還是被這句話激怒了，忍不住跳了起來。

「我不能忍受您這樣指責我！我貴為法國的公主，您應該尊重我！」

梅克夫人笑著看她，伊麗莎白則緊咬著嘴唇。糟糕！又要被處罰了……可是女教師只說了一句話：「披上披肩，我們要出門。」

兩人一起離開寓所，沒有任何隨從陪伴。她們快步穿過宮殿的院子，走過由身穿制服的士兵守衛的金色柵欄，朝凡爾賽走去。伊麗莎白雖然是在宮殿裡出生的，但這是她第一次步行穿過這座城市。

「我們要去哪裡？」她擔心地問。

「上第一堂課。」

伊麗莎白睜大雙眼。她走過一些店鋪、漂亮的房子，遇到各種各樣的工人、商賈和工匠。一個衣衫襤褸的老人向她們伸出骯髒的手。

伊麗莎白退了一步。

「他想要什麼？」

「吃的、穿的、住的。他很窮，生病了，而且沒東西吃。」家庭教師從口袋裡拿出一些錢給了乞丐。伊麗莎白為他的處境感到難過，低聲說：「很抱歉我沒有錢可以給他……」

「我給他的是我們兩人的份。」梅克夫人接著又小聲說：「很好。妳很善良，這是很棒的特質。」

「應該跟國王說說這位先生的事。請爺爺幫他。」

「我想，國王陛下也無能為力，」梅克夫人嘆了口氣，「有成千上萬個人都跟他一樣不幸。」

她親切地拉起伊麗莎白的手臂走向一座教堂。這個舉動讓公主大吃一驚，但她非常好奇梅克夫人究竟有什麼打算，所以就認命地跟上了她的腳步。家庭教師帶著她走進聖物室，這個房間是神父保存儀式服裝和厚重典籍的地方。神父把典籍交給梅克夫人後，夫人轉向她的學生問道：

「這裡面記載的是洗禮的記錄。您的生日是哪一天？」

「一七六四年五月三日，為什麼要問這個？」

梅克夫人打開其中一本，翻了幾頁後，滿意地發出一聲「啊！」，指向一行字：

「您看到上面的字了嗎？」

「嗯……是我的名字。伊麗莎白·腓力普·瑪麗·海倫·法蘭西……」

「很好。那在您之前的名字是誰？」

「一個普通園丁的兒子……」

「之後呢？」

「一位貧窮女僕的女兒……」

梅克夫人蓋上那本書，嚴肅地看著她：「您，如此尊貴的法國公主，在這本上帝的名冊中，位於

園丁的兒子與女僕的女兒之間。在上帝面前，您們是平等的……唯一的差別在於，您生活在宮殿之中，而且穿著華麗的衣服。」

伊麗莎白低下頭，她開始明白梅克夫人想說什麼了。夫人溫柔地繼續說：

「這些人大概都不會讀書寫字，但他們靠著自己努力工作賺來的錢過活，而您……」

伊麗莎白感到羞愧，怯怯地回答：

「而我，卻是一個生來就享有特權的人？」

梅克夫人按了按她的肩膀：「您是個善良又聰明的孩子，我只是希望您能多想想。現在，我們該回城堡了……」

第八章

下午，安潔莉可帶著針線盒來了。在正式問候之後，梅克夫人允許這兩個朋友到露臺上。

才剛踏出落地窗，兩人就對視了一眼，同時露出微笑說：

「妳一定不知道我……」

兩人大笑，很高興她們這麼有默契。

「快點！」伊麗莎白懇求，「快說！」

安潔莉可環顧四周，確認沒有人在看她們。

「我的鄰居，那個鐘錶師，把音樂盒修好了。妳一定猜不到……」

「什麼？」伊麗莎白不耐煩地跺腳。

「妳的音樂盒竟然是由一位名叫……福克森（Vaucanson）的大藝術家做的！已經有三十年的歷史了！」

「唔……」伊麗莎白嘆了口氣，「沒什麼有趣的。」

「等等！那個大藝術家不只做了一個音樂盒，他做了三個，組成一個樂團。包括一名大鍵琴手、一名小提琴手和一名長笛手。」

「好，然後呢？」

「然後——這個樂團是一個非常富有的男人的收藏，但他死得突然……可能是被謀殺的。」

「喔！」

伊麗莎白驚呆了，在花壇邊緣上坐了下來，從領口慢慢地抽出那張紙條。從昨天起，她一直努力藏著它，不讓僕人發現。

「我嗅到了可疑的味道，」她喃喃自語著，「走，到房裡去，我們需要哥哥的放大鏡。」

她們躡手躡腳地走進房裡。房間中央擺著一張華麗的四柱床，白色的帷幔上裝飾著花鳥圖案。公主拿了音樂盒後，帶著安潔莉可到一個角落坐下，以便更舒適地談話……也避免被人偷聽。

「這張紙是我發現的。讀讀看這句話。」

「祕密就在火焰中。」

「妳覺得，這句話是什麼意思？」

「我不知道。」

伊麗莎白倒在地毯上，失望極了！她原本滿心期待這位學識豐富的朋友能解開這道謎題的！

安潔莉可坐到她身邊，看到伊麗莎白失望的神情後，她開始把心裡的想法說出來：

「我們現在知道——確實有一個祕密了……而且這個音樂盒原本的主人死了……也許是這個祕密造成的……」

「沒錯！」伊麗莎白興奮地說，「妳知道那位先生的名字嗎？」

安潔莉可試著回想。她把一綹金色的捲髮繞在手指上，綠色的雙眸陷入沉思，最後她想起：

「那個鐘錶匠說了一個名字，叫泰奧菲．維勒博。妳聽過嗎？」

伊麗莎白瞪大雙眼：「我認識一個叫泰奧菲．維勒博的人！我們都叫他泰奧！是負責照顧我的馬——莓果的侍童！可是……噓！妳媽媽來了！」

伊麗莎白趕緊站起身。

「音樂盒！快放回去。」

安潔莉可從針線盒裡取出大鍵琴手，音樂家和以前一樣美麗，身上穿著粉紅色洋裝，還有兩隻纖纖小手。鐘錶匠的手藝真好。伊麗莎白匆忙地把它放到木鑲五斗櫃上，轉過身時，門正好開了。

梅克夫人走了進來。伊麗莎白動也不敢動。

這位副教師的臉色看起來非常嚴肅！

「女士，」安潔莉可的母親說，「我有個壞消息要告訴您。國王的情況非常不樂觀。」

公主屏住呼吸：他的病情惡化了嗎？

「可是，」她非常擔心地問，「國王爺爺不是有最好的醫生照顧嗎？」

「那是當然的。他們都在盡力治療他。」

「我可以去看他嗎？」

「不，女士，這是不可能的。他得了天花，這是一種很容易傳染的疾病。也許幾天後您就可以去看他了……」

梅克夫人說完後，拍了拍手。

「好，現在，我們要出去走走。天氣這麼好，沒什麼比散步更好的了！」

兩個女孩看著對方。伊麗莎白立刻詢問：「可以騎馬嗎？我想安潔莉可一定會喜歡的。安潔莉可，我說的對吧？」

她的朋友明白了她的意思：泰奧菲・維勒博在馬廄裡。這麼一來，她們就可以從他那裡找到答案，繼續調查。可是家庭教師澆熄了她的希望。

「女士，這是不可能的。安潔莉可不能跟您一起上課。您的教練沒有收她的學費。」

但在看見她們失望的表情後，她又提議：「不過，我們可以一起參觀馬廄，研究不同品種的馬。這樣就可以上一堂很棒的自然科學課了！」

伊麗莎白興奮地贊成。

家庭教師這一次仍然決定步行前往，不必興師動眾。

走到軍武廣場，也就是正對著宮殿的大空地時，伊麗莎白說：「前往大馬廄。」

「大馬廄？」梅克夫人驚訝地問。

「看來，您真的是新來的！看到那兩座巨大的建築嗎？裡面是馬廄。『小馬廄』裡有馬車和拉馬車用的馬。『大馬廄』裡是座騎，就是我們可以騎的。」

「那就去大馬廄吧！」

走進馬廄後，母女二人對裡面熱鬧的情景感到非常驚奇！中央是一座馬場，一座圓形的沙地跑道。許多青少年在那裡接受馬術教練[9]的指導。

伊麗莎白馬上開始尋找泰奧的深褐色頭髮。看見他騎著一匹美麗的灰馬時，她感到心跳加速。泰奧是一名優秀的騎士。這裡的侍童都穿著繡了紅、白色邊線的藍色制服，讓他看起來帥氣極了。

「我可以為您做些什麼嗎？」一名剛認出公主的衛兵詢問她們。

「我的新教師想要參觀大馬廄。」伊麗莎白回答，「維勒博先生或許可以為我們介紹？他平常照顧我的馬。」

安潔莉可忍住笑意！她的朋友很有辦法呢！

「妳們很幸運，他今天的課正好上完了。我去叫他過來。」

不久後，泰奧出現了。他摘下黑色三角帽[10]，

註9：馬術教練（écuyers），教授騎馬技巧、訓練馬匹的人。

註10：三角帽（tricorne），當時非常流行的三角形帽子，邊緣摺疊成三個角。

深深鞠躬致意。

「很高興能陪您們參觀，」他對她們說，「請跟我來。」

他們走向隔欄，那裡養著一匹比一匹更漂亮的馬兒。

泰奧向他們介紹了盎格魯—阿拉伯馬、安達盧西亞馬、利比扎馬，也熱情地解釋了每個品種的優點和缺點。

只不過，隨著時間過去，伊麗莎白仍然找不到機會詢問關於他的家族的事，因此越來越煩躁。安潔莉可看出她的焦急，使了個小伎倆。

「哎呀！」她大

叫，「我把手鍊弄丟了！媽媽，我五分鐘前還有看到它。您可以陪我一起去找嗎？」

母女倆才剛離開，公主便轉向侍童小聲地說：

「我有話想跟你說……」

「我？」

「對……你認識一個同名叫作泰奧菲．維勒博的人嗎？三十年前過世的。一個擁有珍貴音樂盒的人……」

泰奧聽到名字跳了起來。

「是我的祖父！我繼承了他的名字。他是在一次狩獵中發生意外突然去世的。他的弟弟趁著我祖母悲痛時侵占了他們的財產。」

「卑鄙的傢伙！所以你們就沒有錢了？」

「唉，是的。所以我們家現在才這麼貧困。但我很幸運能進入侍童學校。總有一天，如果我好好服侍國王，就能在宮廷裡求得一個重要的職位……」

「那麼，那些音樂盒呢？」

面對這個奇怪的問題，泰奧睜大了雙眼。他聳了聳肩膀回答：「我的祖父確實曾經擁有一些非常漂亮的音樂盒……可是他的弟弟把它們都賣了。」

「國王陛下把其中一個送給我了。」

「真的嗎？」泰奧非常驚訝。「我好想看看它……呃，我無意冒犯。」

伊麗莎白笑了起來。

「我很樂意給你看。你明天正午可以到我露臺邊上的柵欄那裡嗎？我會在那裡等你，就可以給你看了。對了，當然不能告訴任何人！」

「我保證不會！可是，女士，您為什麼有這麼多問題呢？」

「因為我在音樂盒裡找到一張奇怪的紙。」

這時，梅克夫人和安潔莉可回來了，她也停了下來。「我不知道自己在想什麼，」她的朋友向他們道歉，「我今天根本沒戴手錶！很抱歉打斷了精彩的介紹……維勒博先生，您剛才說這匹美麗的白馬是一匹利比扎馬嗎？」

「是的，小姐，」泰奧重拾認真的口氣，「我們用這種馬，是因為牠可以接受很多訓練……」

第九章

參觀完馬廄後，梅克夫人把伊麗莎白和安潔莉可送回城堡，在那裡享用了美味可口的點心。

安潔莉可大約在六點左右離開了，伊麗莎白獨自在空蕩蕩的房間裡，覺得很孤單。

家庭教師交待了一些練習。

「加法、減法還有愚蠢的乘法！」她憤怒地

說。「哼！我一點也不想動頭腦！」

她的心早就飛走了，離這些作業十萬八千里遠。她的頭腦裡有好多事在轉！所以，泰奧沒了家產……而他的祖父在那次狩獵中發生的意外事故中喪生了……

「狩獵時的意外，」她交叉雙臂，大聲地說出想法，「真是擺脫某人的好方法！」

她又從領口抽出了那張紙。

「祕密就在火焰中。」她反覆讀了一百次。

「火焰……哪種火焰？會不會是維勒博家有一座代表火焰的雕像？」

她沉浸在自己的思緒中，當梅克夫人碰她的肩膀時，她嚇了一跳。她迅速用手蓋住那張紙條，把它藏在她裙子的皺褶裡。

「所以，」教師問她，「作業呢？」

梅克夫人和瑪桑夫人不同，她從不大聲說話。

不過，伊麗莎白早就習慣了用傲慢的態度回應，所以冷冰冰地回了話：「不關我的事！您也要用那些毫無用處的練習來折磨我嗎？」

「女士，總有一天會有用的。」家庭教師平靜地回答，「不要耍脾氣了，開始動工吧。」

「不如現在就懲罰我吧，反正我是不會聽話的！您知道嗎，我很會寫字，比誰都厲害，您要我寫多少遍？一百？兩百？」

梅克夫人沒有生氣，反而笑了出來！

「您寧願寫一百次的字，也不要算六道可惡的計算題嗎？可是您明明很聰明。我相信您可以在短短五分鐘內就完成了。可是罰寫的話……」

她的話還沒說完，伊麗莎白就明白自己有多荒謬了。但是，儘管如此，她還是抱怨：「我不會計算。」

「不，這不是真的。您只是太固執了，不喜歡聽從命令。」

伊麗莎白突然起身，準備反抗。不過她想了想，很快又坐了下來：如果她再用壞脾氣對她，梅克夫人不會放過她的。而且，她不得不承認夫人說的有道理。

「好，我會寫作業。」她勉強地說。

梅克夫人立刻送給她一個充滿善意的微笑。

「我會幫您的。」她悄悄地說，「每天都進步一點，慢慢來，直到您想要自己學習。」

伊麗莎白驚訝地看著她：家庭教師看起來並不是在嘲笑她……

於是，她走到她的書桌旁坐下，把羽

毛筆浸入墨水中。整張紙上都是算式……她皺著眉頭看了幾眼，終於鼓起勇氣，怯生生地問道：

「安潔莉可明天還能來嗎？」

梅克夫人嘆了口氣。

「她應該要去聖西學校，而不是待在公主的身邊。」

但伊麗莎白沒有放棄，盯著她的雙眼說：「可是您明明說，我和所有人都一樣。」

夫人笑了。

「是的，可是安潔莉可也是，她也要接受教育。您為什麼想見她？」

少女低下頭，坦承：「因為她是我的朋友，我很想她。」

「您說的對，」家庭教師同意她的話，「擁有好朋友是一件美好的事。好吧，安潔莉可可以後天再去上學，明天白天都來陪您。你們可以玩得開心一點，但是……也要努力學習！」

伊麗莎白發出了一聲勝利的歡呼！

「我接受！」

「哈哈，好，」梅克夫人笑了起來，「安潔莉可也要學習才行！好的，現在讓我們來看看這些算式吧。來吧，我幫您……」

於是，家庭教師和公主面對面地坐著，開始寫作業。

第十章

第二天早晨，伊麗莎白得知祖父的病情惡化，醫生甚至擔心他有生命危險。

她還是不能去探望他。城堡裡迴蕩著擔憂的聲音，克蘿蒂在彌撒上偷偷對她說：

「我們要為他的靈魂祈禱，也為我們不幸的哥哥路易—奧古斯特祈福，他很快要繼承王位了。」

伊麗莎白嚴肅地點了點頭。死亡對凡爾賽的人而言是司空見慣的。公主早就失去了父母和幾個年幼的兄弟姊妹。

走出小教堂後，她看到安潔莉可在小客廳裡等著她，立刻露出了笑容！接下來的一個小時，她在克蘿蒂的寓所裡渡過，與和藹可親的高多尼先生一起上了一堂非常有趣的義大利語課。

然後她和她的朋友手挽手地回到了她的住所。

「我忘了告訴你，我和泰奧約了正午在露臺的柵欄那裡見面。我要給他看音樂盒和那張紙。」

「我認真思考過那句奇怪的話，」她嘆了口氣，「可是還是沒有頭緒……」

因為法文和拉丁文老師進來了，她趕緊閉上嘴。伊麗莎白深深嘆了一口幾乎穿透靈魂的氣。這名男子是修道院神父。他的臉色蒼白，頭戴白色假髮，穿著一身黑色貼身的服裝。

「我給您的那篇蒙田的文章讀了嗎？」他用尖酸刻薄的語調問道。

「沒有，」她回答，「因為我一個字也看不懂！」

「那拉丁文的動詞變化呢？」

「也沒有……」

蒙特古修道院的神父勃然大怒，踮起腳尖站直身子。

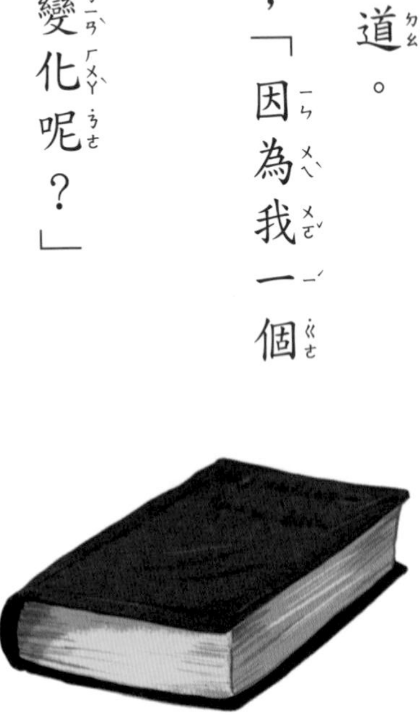

「女士，我想您需要的是嚴厲的懲罰，好讓您消除偷懶的念頭……用鞭子抽幾下，或用尺板打幾下……」

梅克夫人清了清喉嚨打斷他的話。

「神父先生，能否借一步說話。」

她抓住男人的胳膊，把他推向候見廳。女孩們從半開的門縫裡聽見——

「您能不能用一些有趣的文本來豐富您的課

程？蒙田對如此年輕的小姐來說是一位相當複雜的作家。我認為寓教於樂的學習方式更適合我們的公主。」

這句話令老師震怒：

「夫人，玩樂是學不到東西的，學習就是要靠……背誦！她應該努力一點！如果您質疑我的教學，我會向您的上司瑪桑夫人告狀！」

「先生，請便！她全權委託給我了。」

「很好！既然您這麼認為，那就自己教這個小混蛋吧。」

他一臉不滿地離開了。伊莉莎白開心地哈哈大笑：「我們終於擺脫他了！」

梅克夫人無奈地聳了聳肩。

「這位先生可能有點太暴躁。不過沒關係！我們三個一起學！我們先學一點詩歌……」

家庭教師打開了一本拉封丹的寓言故事集。她用不同的聲音和動作朗誦了幾首，然後把它交給兩個少女，要求她們閱讀並講出寓意。這一次，伊麗莎白終於讀懂了！

「我好喜歡您的法文課！」公主在下課休息時對梅克夫人說。

她們走到露臺上，伊麗莎白立刻從領口拿出那張紙條。

「祕密就在火焰中。」她又唸了一次。「要是……」

「要是什麼？」安潔莉可看見她拉起裙子往房間裡跑，擔心地問。

她跟在伊麗莎白身後，看到她拿起一個燭臺，用壁爐裡的餘燼點燃它。

「蒙特古的神父告訴過我，」蠟燭點燃時伊麗莎白解釋，「有些紙張上會有隱藏圖案……他說那叫水……水印[11]。如果我把紙條放在火光前，也許就可以看到什麼文字。

於是，她把紙條放到蠟燭前面，試著辨認出文字……但上面什麼都沒有！

「可惡！」她生氣地說，「沒有水印。」

就在要把紙條摺起來時，安潔莉可阻止了她：

「巴貝，妳看！上面有東西！」

伊麗莎白心跳加速，再次把紙條放到火光前。

真的有東西，紙條在蠟燭的溫度下奇蹟似的出現了咖啡色的小字。

「成功了！」她高興地跳了起來。「快，拿放大鏡！」

她拿起紙條，仔細看著上面出現的三行神祕文字。

註11：在紙漿中加入細絲或其他材料，形成圖案或文字，透光後就可以看到。鈔票上通常會有。

只不過，伊麗莎白很快就放棄了。

「會不會是別的國家的語言？不，這是一串密碼！」

「你們在做什麼？」梅克夫人走向她們。

伊麗莎白嚇了一跳，隨手丟下放大鏡和紙條！

「快說，」她皺起眉頭，又問了一次，「回答我！我問了一個問題！」

她推開女兒，發現公主正在把放大鏡踢進櫃子底下。

「把那張紙給我。」她伸出手命令她們。

伊麗莎白心不甘情不願地交出紙條。好了，這場美好的冒險結束了……等待她們的只會是嚴厲的懲罰……

「喔，」家庭教師看著上面的字說，「真是有趣……請把放大鏡給我。」

「放大鏡？」伊麗莎白裝作不知情。「什麼放大鏡？」

夫人用心照不宣的眼神看著她。

「被您藏在櫃子下面的那個。」

她又一次被迫服從命令，卻還是因為氣惱嘆了一口氣。

「妳們是在哪裡找到這個東西的？」梅克夫人又問。

讓伊麗莎白更絕望的是，安潔莉可竟然背叛了她，把所有的事都說出來了。儘管公主狠狠地瞪著她，她還是沒有忘記任何細節。「我不能對媽媽說謊！」她一邊解釋，一邊小聲地對公主說。

然而，伊麗莎白沒有想到的是，家庭教師滿意地點點頭，然後說：

「用火焰讓隱形墨水顯現出來真是聰明。女士，您做得很好。可是現在，您得想辦法解開密碼了。」她一邊說，一邊把紙條還給公主。

伊麗莎白目瞪口呆地看著她。沒有處罰嗎？梅克夫人是鼓勵她們繼續嗎？稍微放下心的公主這時鼓起勇氣問：

「什麼是隱形墨水？」

「一種只有在溫度高的時候才會顯示出來的液體。檸檬汁或白醋都是，有些人甚至會用尿液。」

伊麗莎白覺得噁心，忍不住叫了一聲，但很快又高興地問：

「要怎麼解開密碼？」

「如果不會太複雜，應該可以輕鬆解開。首先，您要把這些字抄寫下來，這樣可以看得更清楚。」

伊麗莎白難得沒有抱怨。

安潔莉可拿著放大鏡，讀出紙上的字，伊麗莎白則坐在書桌旁把字寫下來。

密碼是這樣的：

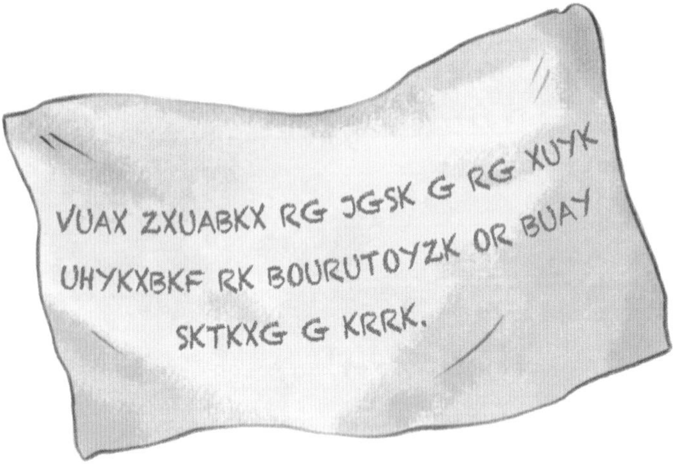
VUAX ZXUABKX RG JGSK G RG XUYK
UHYKXBKF RK BOURUTOYZK OR BUAY
SKTKXG G KRRK.

「現在，」梅克夫人說，「想一想要怎麼解。您一點也不笨……」

伊麗莎白咬著筆端，很開心聽到家庭教師稱讚她。

她笑著回答：

「這些字母代表其他字母，對吧？」

「應該是的。您認為，法語中最常用到的字母是哪些？」

伊麗莎白覺得答案很簡單：

「首先是E，然後還有L和N，所有的冠詞，像le、la和un裡都可以找到……[12]」

註12：法文的「le」和「la」是這個、那個的意思，le是陽性，la為陰性；un的意思則是陽性的「一個」。

「非常好！」梅克夫人稱讚她。「那麼，再繼續想想……」

「我們要從這裡面找出最常用的字母，也就是E、L或N……」

「然後，」安潔莉可接著說，「再通過推理，我們就會找到答案了！」

「可是，夫人，」伊麗莎白驚訝地問，「您為什麼鼓勵我們在這種謎題上浪費時間？我們不需要學習嗎？」

家庭教師笑了出來：「妳們現在就在學習啊！妳們正在解一道數學題！」

「您在取笑我，」公主皺起眉頭，「我從來沒學會任何數學，對我來說太難了！」

「一點也不難！」

梅克夫人拿起那張紙，把羽毛筆沾了墨水後，開始寫：「比如說，如果A=E、B=J、C=V……

那這段文字想表達什麼？這不就是一種數學練習嗎？」

伊麗莎白也笑了：

「我想我會喜歡您這種數學！」

接著，她們開始解碼……

一開始，她們把經常出現的G當成了E，因此浪費了很多時間。然後伊麗莎白才意識到：

「不！G單獨出現了兩次，肯定是代表A！K

才是代表字母E。這麼一來，最後一個詞『KRRK』可能是『ELLE』（她）。」

「所以，R代表L，」安潔莉可總結，「可以把密碼轉譯過來了！」

VUAX ZXUABKX RG JGSK G RG XUYK UHYKXBKF RK BOURUTOYZK OR BUAY SKTKXG G KRRK.

轉譯後的文字是：

VUAX ZXUABEX LA JASE À LA XUYE UHYEXBEF LE BOULUTOYZE OL BUAY SETEXA À ELLE.

伊麗莎白陷入沉思。

「『OL』肯定是『IL』（他）。我們找到I了！『JASE』可能指的是『DAME』（女士）。所以，O＝I，J＝D，S＝M。試試看！」

VUAX ZXUABEX LA JASE À LA XUYE
UHYEXBEF LE BOULUTOYZE OL BUAY
SETEXA À ELLE.

這麼一來，文字變成了：

VUAX ZXUABEX LA DAME À LA XUYE
UHYEXBEF LE BIULUTIYZE IL BUAY
METEXA À ELLE

還是看不出所以然……

「等等！」伊麗莎白突然站了起來，「妳媽媽剛才提到數學練習，她說的對。如果我們用她的方法……」

她一邊寫，一邊解釋：

「如果A＝G，那麼，也許B＝H，C＝I，D＝J，所以……E＝K！沒錯，就是這樣！每個字母都往後平移了七個字母！」

然後，她把二十六個字母寫下來，再寫出它們在密碼中對應的字母。五分鐘之後，她們解出密碼了：

POUR TROUVER LA DAME À LA ROSE, OBSERVEZ LE VIOLONISTE, IL VOUS MÈNERA À ELLE.

（要找拿著玫瑰的女士，
請看小提琴手，
它會帶你們找到她。）

這下又是一道新的謎題了！

「拿著玫瑰的女士是誰？」安潔莉可驚訝地問。

「一個消失的女人吧，應該不會錯。那小提琴手呢？」

伊麗莎白看了一眼掛在壁爐上方精緻的金色時鐘。又瞥了一眼坐在房間一角刺繡的梅克夫人。

「再五分鐘就正午了，」她低聲對安潔莉可

說，「五分鐘後，泰奧就會在柵欄那裡等我。我們可以問他。」

她伸了伸懶腰，這種滿足感她已經好久沒有感受到了。那個別人眼中愚蠢的公主，那個讓瑪桑夫人感到絕望的人，竟然破解了一個密碼！

隔壁的房間裡，僕人正在擺設餐桌。伊麗莎白轉向家庭教師：「我們可以出去走一走，動動雙腿嗎？」

「當然可以！您的『學習』有什麼進展嗎？」

她在答應後帶著微笑問道。

「多虧您的幫忙，有很大的進展！」

接著，伊麗莎白走進臥房拿了音樂盒。

兩個女孩走出露臺時，年輕人正好也到了。他摘下三角帽向她們致敬後把身體靠在柵欄上。

「這是我祖父的音樂盒嗎？」男孩指著音樂盒問道。

伊麗莎白從兩根鐵欄杆之間把鋼琴手傳過去，讓他可以拿在手上更仔細地觀察。然後她也告訴他新的發現：「我們從大鍵琴裡取出的紙條上提到一個拿著玫瑰的女士……」

「拿著玫瑰的女士！」

泰奧興奮地叫了出來，「那是一幅屬於維勒博家的肖像畫，非常珍貴。那

幅畫是大師安東尼・華鐸（Antoine Watteau）的傑作。他是本世紀初最有名的畫家！」

「根據那張紙條上的字，畫作可能已經不見了。」

「這個故事很長。」

公主轉向她的寓所。可惜，他們很快就會被叫去用餐了。可是她太好奇了，於是又說：「快說吧！」

「這個嘛……其實三十多年前，我祖父繼承了家族的畫作收藏，這一幅就是其中最珍貴的。可是他的弟弟被債務纏身，對哥哥心生嫉妒，便對他提出告訴，指控他擅自修改父親遺囑，為自己謀利。最後他輸了。他一怒之下，趁著天黑闖入我們的城堡……因此，我的祖父決定把那幅畫藏起來。」

「喔？確保它不會被弟弟偷走？」

「是的。可是後來他突然去世，根本沒有機會把藏畫的地點告訴祖母，只說他留下了一些線索。」

「你認為他是被謀殺的嗎？」

泰奧嘆了口氣，緊緊拿著音樂盒。

「我是這麼認為的，但我無法證實。這是很久以前的事了！後來，我的叔公藉口祖母是個軟弱的女子，無法管理龐大的遺產，所以侵占了我們所有的財產。喔，對了！據說他發現那幅畫不見時氣瘋了！一年之內，他就把所有的收藏都賣掉了。如今，我的父母只剩下一座位於凡爾賽附近的老舊城堡，還有一些勉強能維持生計的土地。」

兩位朋友看著對方，為泰奧的不幸感到難過。

安潔莉可想給他一點希望，於是悄悄地告訴他：「你的祖父留下了好幾個線索。我們手上就有一個。也許我們可以找回那幅畫？」

「如果是這樣，那就太棒了！」他興奮地說。

可是下一秒，他又低下頭，感到沮喪：「很遺憾的是，我不太相信這件事！這三十年來，我的家人找遍了整座城堡，從地下室到閣樓，都沒有找到！」

伊麗莎白繼續說：「那張紙條中寫了要觀察小提琴手。你知道這是什麼意思嗎？」

可憐的泰奧聽了這句話似乎又更失望了。

「我們請不起音樂家！可能我祖父當時請了，

但現在……」

「小心，」安潔莉可喊道，「客廳的門開了，用餐時間到了。」

年輕的侍童把音樂盒還給她們。女孩們趕緊走進房裡。

第十一章

瑪桑夫人和梅克夫人低聲交談了許久。

「喔喔，」安潔莉可嘆了口氣，她不喜歡瑪桑夫人，一點也不想碰上她。「我先走了。我去和僕人一起用餐。待會兒見。」

話一說完，她悄悄溜進僕人專用的房間，而克蘿蒂和伊麗莎白則坐在擺了豪華的瓷器餐盤和銀餐具的餐桌前面。

平時，瑪桑夫人會監視她們的一舉一動，可是今天她什麼都沒做，甚至還要求僕人直接開始上餐。飯一吃完，她就帶著克蘿蒂消失了。

安潔莉可看見她們離開，便回到伊麗莎白身邊。天啊，她看起來也嚴肅極了！

「發生什麼事了嗎？」伊麗莎白擔心起來。

梅克夫人把手放在她的肩膀上，對她說：「宮廷裡的人明天要離開城堡。我會陪著您。天花是一種傳染性很強的疾病，而且會致命。王室成員必須離開這裡。」

「可是……安潔莉可呢？」

「安潔莉可要到聖西學校讀書了，您知道的。我先離開，我得安排僕人把您的行李準備好。」話說完，她就走了。

伊麗莎白看著她的朋友。她的心跳得好快。她怎麼能把她留在這裡，自己離開呢？泰奧呢？他們的冒險呢？

「梅克夫人，」她大喊，「拜託您！我想要安潔莉可陪我。」

家庭教師回過頭，臉上已經掛好了充滿歉意的笑容。

「不行，我很抱歉。您……您是一個公主，而她只是我的女兒……」

「我才不管！」

「女士，請您冷靜一點。再堅持也沒有用。」

「不要！」伊麗莎白大吼。「我討厭妳！」

怒火吞噬了她，那是她無法控制的可怕怒火之一。她喘著氣，轉向窗戶。她需要獨處……於是，她沒有多想就跑到露臺上，跳過柵欄，身影消失在花園裡。

「巴貝！」安潔莉可在她後面擔心地喊著她的

名字。

最後她在一棵樹下找到躲起來的她。伊麗莎白縮成一團，喊著：

「放開我！我好難過！沒有人對我感興趣！從來沒有人關心我心裡想什麼！」

「當然有。我就在這裡……」

「明天，我就要離開城堡了……而妳，妳要去聖西學校。妳會在那裡認識很多其他女生，然後就會忘記我了！」公主生氣地反駁她。

「妳錯了。我怎麼可能會忘記妳呢？妳是我的朋友！巴貝！」

「真的嗎？」伊麗莎白滿臉通紅地坐起身，問道。

「真的！而且，我的母親也愛妳。她總是在說妳有多麼漂亮、多麼聰明，儘管妳的個性有點蠻橫。」

「真的嗎？」她又問了一次，感到有點驚訝，也有點安心。

「真的！她拒絕讓我跟妳一起走，是因為她的夢想是看見我進入一所好學校……」

「好學校嗎？那麼……那麼……還有希望！」

「什麼？」這一次換安潔莉可感到驚訝了。

她看見伊麗莎白帶著堅定的神情站起來，怒氣全消。她聽見她宣布：「趕快回去！」

幾分鐘後，她們回到了客廳。

「夫人，請原諒我，」伊麗莎白紅著臉、頭髮凌亂地說，「我不會再那樣做了。」

「我沒有生您的氣，」家庭教師嘆了口氣，「我懂您的心情。我只是非常擔心。女士，以後請不要再這樣發脾氣了。」

伊麗莎白點了點頭，然後小聲地說：「我會試試看。我有話想跟您說。我希望安潔莉可能夠留在我身邊……您希望她獲得最好的教育。正好，他們想把我變成全歐洲最有教養的公主，她可以好好利用我接受的教育。我們會一起學習。作為交換條件，我向您發誓，我會完全聽從您的指示。我會上課，我會聽話……好吧，我會盡量做到……」她做了個鬼臉，「我經常表現出叛逆的態度，因為我很難過，而且我覺得沒有人愛我。但是，現在我有一個朋友了……還有您。」

家庭教師的淚水在眼眶裡打轉，露出了燦爛的笑容：「我接受這個提議！」

伊麗莎白高興的歡呼，然後把安潔莉可緊緊地抱在懷裡。

第十二章

第二天下午

僕人們把箱子搬運到馬車上，就像一隊井然有序的螞蟻。就要出發了。

「國王駕崩了！國王萬歲！」

突然間，走廊裡傳來一陣叫喊，四面八方都有人喊著。接著，是急促的奔跑。聽起來就像是一群牲畜在地板上踏來踏去！

伊麗莎白臉色蒼白。

「爺爺！」

梅克夫人把她抱入懷裡，撫摸著她栗色的捲髮，親吻著她的額邊。

「可憐的孩子。」她輕聲地說。

淚水從伊麗莎白的臉上滾了下來。

雖然她很少見到爺爺，可是她很喜歡他。他總是那麼溫柔、體貼，有時甚至有點調皮。

「這些人都要跑去哪裡？」她擔心地問。

「他們想要成為第一個恭賀您的哥哥路易—奧古斯特和他的妻子瑪麗—安東尼的人。」

確實，走廊裡不斷傳來「路易十六萬歲！」或者「王后萬歲！」的聲音。

「可憐的人啊！」梅克夫人嘆了口氣，「他們太年輕了，無法統治一個國家。願上帝保祐！」

然後她重新振作起來，退了一步：「我們得趕快出發了，我們要去舒瓦西(Choisy)城堡。」

穿著藍白洋裝的安潔莉可走了進來，肩上披著一件斗蓬。

「爺爺過世了，」伊麗莎白對她說，「我再也沒有家人了。」

安潔莉可走過去親了她。

「妳還有兄弟姊妹，」她低聲安慰，「而且，妳還有我。我永遠也不會離開妳！」

她從口袋裡拿出一條手帕遞給她，對她說：

「到了舒瓦西，我們的調查就可以繼續了。」

「怎麼繼續？我們沒有任何線索。」

「才不是！我有一個新的線索！妳還記得音樂盒一開始是一個樂團嗎？」

「記得。」伊麗莎白吸了吸鼻子，點點頭。

「大鍵琴手、長笛手和……」

「小提琴手！沒錯！可是，要去哪裡找它？泰奧說它被賣了。」

「沒錯，賣給妳的爺爺了！我的鄰居——那個鐘錶師，已經打聽到了。小提琴手就在舒瓦西。」

伊麗莎白瞪大了眼睛看著她。

「就是我們要去的地方！」

「泰奧也會在那裡，繼續照顧莓果。」

「所以，還要繼續調查嗎？」

「是的，」安潔莉可露出微笑說，「還有我們的冒險也要繼續！」

下集待續……

路易十六時期的髮型

那個時代的貴族和資產階級的髮型非常複雜：蓬鬆的、辮子、假髮、捲髮……他們花很多時間做髮型！

男士們會將側面的頭髮捲成捲髮，然後後面用黑色絲帶綁成馬尾。他們也會用香氣濃郁的白色、灰色或紅色粉末覆蓋頭髮。

頭髮不夠漂亮的男士會剃光頭，然後戴上假髮。那個時代的假髮都是用真的頭髮製成的，來自需要賣頭髮賺錢的女人。

富裕人家的僕人也會戴假髮，但是是用馬的鬃毛製成的。

宮廷裡的女人們都在模仿王后瑪麗—安東尼的模樣。她在一七七〇年抵達法國時，以一束粉飾的髮髻裝扮自己，頭髮繞過脖子後垂落。從一七七五年開始，她開始提倡一種高髮髻，很快地，女士髮髻的高度就到了可笑的地步。她們會在髮髻上加蕾絲帽、羽毛、花朵、鳥類甚至物品，例如貝勒布樂高髮髻（pouf à la Belle-Poule）就是一艘軍艦帆船。

一七八〇年開始，女王改回了簡單的髮型，例如低髮髻搭配捲髮或是在蓬鬆的髮髻上裝飾蕾絲。

至於普通百姓，男人們喜歡留著短髮或小馬尾，女人們則盤著簡單的髮髻或綁辮子。

伊麗莎白和她這個年齡的大多數女孩一樣，通常會散著頭髮搭配一條絲帶，或是盤一個髮髻。

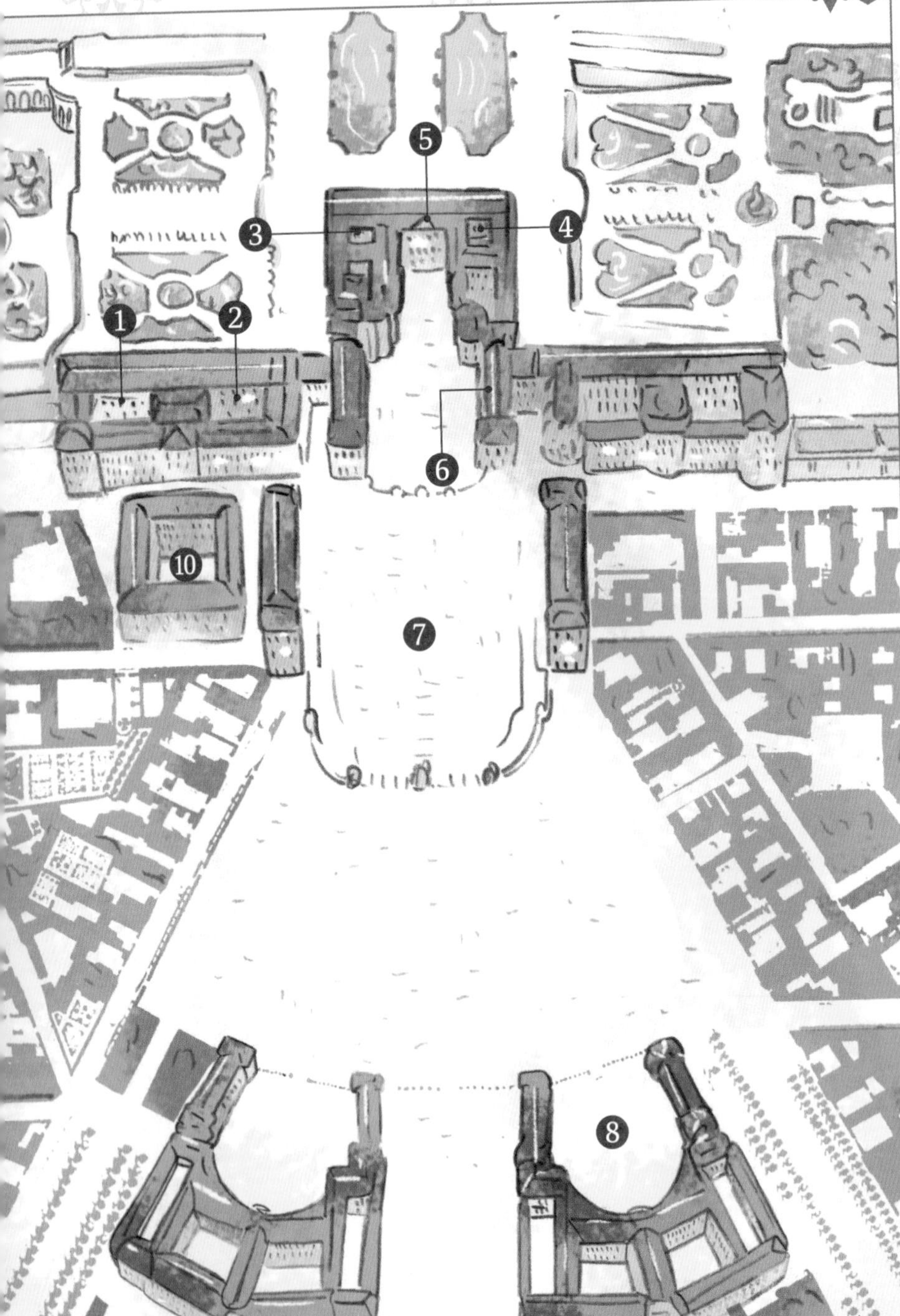
1
2
3
4
5
6
7
8
10

❶ 南側一樓，克蘿蒂和伊麗莎白的寓所

❷ 伊麗莎白的露臺（設置了鐵欄杆，有美麗的花箱、橙樹）

❸ 路易—奧古斯特的寓所

❹ 路易十五的私人寓所

❺ 鏡廳和國王大居室

❻ 禮拜堂

❼ 軍武廣場

❽ 大馬廄

❾ 聖路易教堂

❿ 大公館

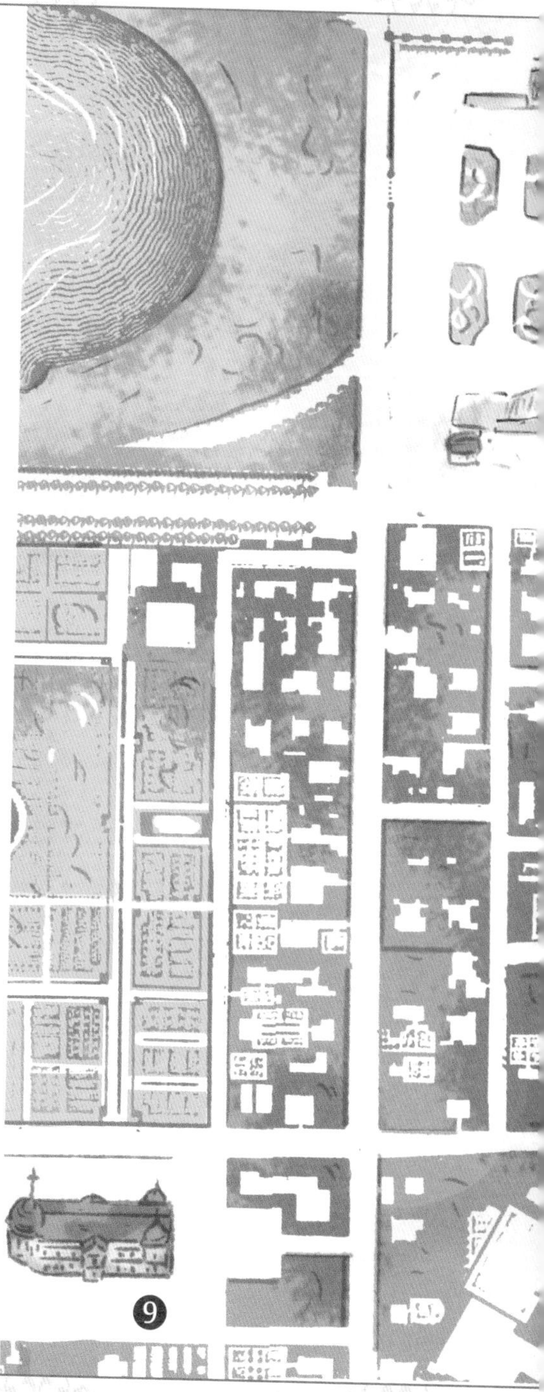

國家圖書館出版品預行編目(CIP)資料

伊麗莎白的凡爾賽冒險. 1：音樂盒的祕密／安妮.潔(Annie Jay)作；雅瑞安.德里厄(Ariane Delrieu)繪圖；許雅雯翻譯. -- 初版. -- [臺北市]：愛米粒出版有限公司, 2024.07
304 面；14.8x21 公分. --（愛讀本；014）
譯自：Elisabeth, princesse à Versailles. 1 : le secret de l'automate
ISBN 978-626-98325-7-6(平裝)

876.596　　113005904

愛讀本 014

伊麗莎白的凡爾賽冒險 1：音樂盒的祕密

Elisabeth, princesse à Versailles 1：Le secret de l'automate

作者　安妮．潔（Annie Jay）
繪圖　雅瑞安．德里厄（Ariane Delrieu）
翻譯　許雅雯
總編輯　陳品蓉
封面設計　陳碧雲
內文編排　劉凱西
負責人　陳銘民
出版者　愛米粒出版有限公司
編輯部專線　（02）2562-2159
傳真　（02）2581-8761

總經銷　知己圖書股份有限公司
郵政劃撥　15060393
（台北公司）台北市106辛亥路一段30號9樓
電話　（02）2367-2044／2367-2047
傳真　（02）2363-5741
（台中公司）台中市407工業30路1號
電話　（04）2359-5819
傳真　（04）2359-5493
印刷　上好印刷股份有限公司
電話　（04）2315-0280
讀者專線　TEL：(02)2367-2044/(04)2359-5819#230
FAX　(02)2363-5741/(04)2359-5493
E-mail：service@morningstar.com.tw
郵政劃撥　15060393（知己圖書股份有限公司）
法律顧問　陳思成
國際書碼　978-626-98325-7-6
初版日期　2024年7月1日
定價　新台幣350元

愛米粒出版 Emily

因為閱讀，我們放膽作夢，恣意飛翔。
在看書成了非必要奢侈品，文學小說式微的年代，
愛米粒堅持出版好看的故事，
讓世界多一點想像力，多一點希望。

愛米粒FB

填寫線上回函卡
送購書優惠券